nF418651

# Aos Nossos Demónios

Coleção de Contos Cinzentos

GG Klimt

# ÍNDICE

# DEMÓNIOS ÍNTIMOS

*And the raven, never flitting, still is sitting, still is sitting*
*On the pallid bust of Pallas just above my chamber door.*
*And his eyes have all the seeming of a demon that is dreaming,*
*And the lamp-light o'er him streaming throws his shadow on the floor.*
*And my soul from out that shadow that lies floating on the floor*
*Shall be lifted – nevermore!*

The Raven (1845) – Edgar Allan Poe

# Puxa... empurra

Procurava o amigo, o culpado de tudo. A raiva dominava-o.

Tinham sido companheiros toda a vida: tinha feito coisas terríveis, é verdade, mas também tinha sofrido muito; mas esta vez tinha ido longe demais.

Não se lembrava há quanto tempo o conhecia. As suas memórias de infância não eram muito claras – não se conseguia lembrar como ou quando se conheceram. No entanto, em cada uma das suas poucas recordações, o amigo tinha estado aí, sempre ao lado dele.

Quando eram crianças, não eram muito apegados. Estavam juntos quase todos os dias, mas viam-se pouco e conversavam menos ainda. Com o passar do tempo, cresceram e o seu relacionamento mudou: viam-se com mais frequência e, às vezes, ficavam horas e horas observando-se. Encontravam-se nos lugares mais estranhos por acaso – embora todos saibam que as coincidências não existem.

Mas, gradualmente, o amigo foi-se transformando numa pessoa diferente: acanhado, preconceituoso, interesseiro, materialista... Um por um, todos os seus outros amigos o abandonaram; mas ele não, ele manteve-se sempre ao seu lado. Nunca o abandonaria assim, ficariam juntos até o fim.

Mas a situação complicou-se. O amigo cada vez se relacionava mais e mais com pessoas com quem era melhor não ter afinidades e o seu comportamento tornou-se errático. Além da súbita mudança de personalidade, corriam rumores de que tinha as mãos manchadas pelo sangue de várias pessoas.

Ele, por sua vez, que sempre fazia ouvidos moucos a todos os comentários (na sua opinião, infundados) sobre o amigo, manteve a amizade como se nada tivesse acontecido.

Entretanto, conheceu uma miúda, com quem, depois de alguns anos de namoro, se casou. Estava completamente apaixonado, sabia que faria qualquer coisa por ela e estava feliz como nunca.

Mas essa grande amizade continuou a dar-lhe problemas. Era ele quem emprestava dinheiro ao amigo para que pagasse as suas dívidas, quem o defendia das pessoas que só o queriam prejudicar e era ele quem partilhava as suas numerosas desventuras. Mas, por mais que o ajudasse, o amigo parecia incapaz de sair desse poço ao qual tinha caído.

A última vez que o ajudou, tudo se desmoronou. Uma vez mais, como tantas vezes antes disso, o amigo precisava de dinheiro. Como andava bastante ocupado, pediu à esposa que lho fosse entregar. A quantia era bastante alta, mas nunca houve nenhum problema: o amigo devolvia-lhe sempre o que lhe emprestava; sempre recuperava o dinheiro que investia. Explicou à esposa onde tinha de ir e continuou com a sua rotina, esquecendo-se completamente de tudo o resto.

Algumas horas depois, um telefone tocou. Embora ignorasse o motivo, uma sensação estranha atravessou-lhe o corpo. Levantou o auscultador e, em resposta, a voz de um homem soou: o pior tinha acontecido, a esposa tinha sido encontrada morta.

O seu mundo perdeu toda a sua beleza, desmoronou-se, em apenas uns segundos. Os detalhes do assassinato eram macabros, mesmo narrados na voz fria e neutra do polícia que, do outro lado da linha, lhe explicava a situação.

Desligou o telefone. O tempo parecia ter parado num daqueles momentos em que a mente processa milhares de pensamentos simultaneamente – imagens, memórias, cheiros, sensações, … – sem nenhuma relação com o tempo que passa.

Pesadamente, levantou-se da cadeira onde se tinha sentado e caminhou… um, dois, cem, um milhão de passos… não sabia quantos, mas não importava realmente. Cada vez que levantava um pé, sentia o peso de milhares de quilos sobre os tornozelos.

Procurava o amigo. Estava tudo perdido, tudo aquilo pelo que tinha trabalhado.

Quando o encontrou, olhou-o de cima a baixo. Não trocaram nem uma palavra. Apenas se fitaram, frente a frente. Estava tudo dito.

Mas a memória da esposa fez a raiva reprimida explodir das profundezas do seu ser. Lançou-se a ele e começou a bater-lhe. Com cada murro, a mão doía-lhe mais e mais, mas não pararia – ia espancá-lo.

Quando, exausto e respirando pesadamente, baixou a cabeça, viu, encarando-o, os fragmentos do espelho que tinha destruído com os próprios punhos.

# Confutatis

O espectro falava e movia os braços de uma maneira estranha, sacudindo-os rapidamente para acompanhar as suas palavras. Era aterrador.

Não se dirigia a mim diretamente, mas, do pódio em que estava, não parecia ter um destinatário específico – não falava com ninguém e falava com todos ao mesmo tempo. Às vezes parecia-me que o discurso era só para mim, mas não poderia jurar que fosse realmente esse o caso.

A criatura era uma caricatura de um ser humano, a antítese de uma pessoa. Não poderia ser descrito de outra forma. Não tinha olhos, as órbitas estavam vazias, embora nada escorresse delas – pareciam feridas saradas. Apesar de não ter as ferramentas para tal, não parecia ter falta de visão: sabia onde estava e a sua cabeça movia-se de um lado para o outro, apontando em diferentes direções enquanto falava. O seu cabelo era preto e brilhante – se não fosse pelo fato de ter crescido na cabeça daquela besta horrível, seria a inveja de qualquer mulher. As orelhas também tinham desaparecido, qual Van Gogh (com a diferença de que, neste caso, ambas estavam ausentes); aquela imitação de ser humano tinha-as arrancado ela mesma, ou assim parecia. Os sons que imitia não faziam qualquer sentido para mim, mas, obviamente, eu era o único que pensava assim: todos ao meu redor escutavam o seu belo discurso e, pelas expressões desenhadas nos seus rostos, pareceria que os sons provenientes daquela boca deformada excediam em beleza a qualquer obra clássica de Bach ou Mozart. Vem-me à mente o "Concerto para Piano #21 – Andante" – não sei se alguma vez o ouviram: é uma música sutil, mas com tanta profundidade que quem a ouve se perde nela, afundando-se num sonho do qual não se pode sair. A mesma descrição pareceria poder ser aplicada às palavras desse ser imundo que agora ouço. As canções de Beethoven fizeram outros personagens literários perder a cabeça; neste caso, o piano de Mozart tinha o efeito oposto.

Tentava acompanhar essas palavras, mas os meus esforços eram em vão. Minha humilde pretensão era agora, se mais não fosse, entender o que o animal estava a gritar. Ruídos, gritos e largos gestos grotescos. Todos ao meu redor se moviam, no entanto, ao som daqueles braços, daquela marioneta do infra mundo.

Sem saber como, o nome da besta surgiu na minha mente, do nada. Tê-lo-ei ouvido entre a multidão? Tê-lo-ei adivinhado? Duvido. Há momentos em que se aprende certas coisas por osmose, por assim dizer, por intuição.

Confutatis. Gritos, raiva; insultos e orações ao mesmo tempo. Confutatis. Era óbvio que o grupo de pessoas que escutava a besta sentia uma grande empatia pelo orador. Havia um crescendo nas suas emoções, podia senti-lo no ar. Tratava-se de uma máquina, de engrenagens bem oleadas, seres unidos por algo mais do que o simples fato de estarem fisicamente presentes no mesmo lugar. Podia pressenti-lo: os gritos de Confutatis eram cada vez mais altos, os seus movimentos mais abruptos; todas as pessoas atuavam em consequência e gritavam coisas que não consegui entender. Poderia jurar que ouvi canhões explodir nas proximidades. Tudo parecia estar a desmoronar-se.

Porquê escrever sobre uma criatura assim? Porquê escrever sobre Confutatis? Quando se escreve sobre as coisas más deste mundo, sobre a sua rotina, sobre a sua miséria, ninguém se lembra. Somente aqueles que tentam alcançar a perfeição e a beleza perduram no tempo...

Sejamos claros: o termo utilizado é "tentar", já que a beleza, como termo absoluto e como outros termos semelhantes como como a "verdade" ou o "infinito", é um conceito que esta para além da compreensão ou da capacidade humanas e é, portanto, impossível de alcançar porque tem diferentes significados para diferentes pessoas. Cada artista ou autor tenta chegar o mais perto possível desse ideal, mas a beleza parece iludi-los. Aqueles que foram capazes de, através da escrita, elevar-se acima da rotina e da miséria humana, foram imortalizados nas páginas da história porque a beleza, que é antagónica ao status quo, é sempre algo desejado – não importa quanto os tempos, as ideias ou os conceitos mais básicos mudem, a beleza permanece. Nos tempos antigos, era desejável que as carnes de uma mulher fossem abundantes como as d' "As Três Graças" (Eufrosina, Aglaê e Tália) de Rubens – nos tempos modernos, deseja-se exatamente o oposto (não importa quantas campanhas sejam feitas para a aceitação da "beleza real" das mulheres ou contra a marginalização daqueles que não se conseguem adaptar aos novos padrões de beleza): uns e outros são belos à sua maneira e os seus autores serão recordados.

Assim, surge novamente a pergunta: porquê escrever sobre uma aberração como Confutatis? A questão é, em si mesma, tão inútil quanto "À quoi ça sert l'amour?", como cantou Edith Piaf. Para nada e tudo, não há resposta óbvia ou aparente – nenhuma que possa convencer a todos, pelo menos. Embora eu diga a mim mesmo, talvez para me confortar, que o faço para saber se há outras pessoas que partilham a minha realidade e veem o mesmo que eu vejo; para ver se há pessoas neste mundo com as mesmas ideias que eu tenho e, talvez, ouçam os mesmos sons guturais e sem sentido que eu ouço quando escuto Confutatis gritar. Tudo isto, é claro, antes que seja tarde demais.

De repente, sinto uma dor forte. A minha realidade tornou-se-me mais evidente em apenas instantes. Observo tudo ao meu redor e sinto-me como se tivesse descido ao Tártaro. As pessoas ao meu redor são a imagem viva dos demónios que todos tememos, o material de que estão feitos os nossos pesadelos mais profundos e terríveis. O meu corpo congela-se de medo e horror ao ver aqueles corpos deformados à minha volta. As minhas tentativas de fuga são frustradas pela multidão, pela matilha que suspira e continua a mexer-se ao som dos poderosos gritos de Confutatis – que, mais do que ouvirem-se, se sentem. Os meus olhos giram em todas as direções e percebo que não há escapatória. Mas, neste estado de total loucura, essa música suave distrai-me, chama a minha atenção e olho ao meu redor em busca da origem dessa melodia.

A música vem exatamente do mesmo lugar em que me lembrava de ter visto, antes, a Confutatis. Era impossível. Confutatis era agora uma visão formidável. Tinha olhos, orelhas e todos os outros membros: era uma mulher de beleza incomparável; chamar-lhe um anjo seria um insulto, era uma divindade muito mais importante dentro do plano divino. A música provinha desse ser.

Realmente podia-se ouvir o concerto para piano de Mozart. A excelsitude da melodia fez-me esquecer tudo ao meu redor e deixei o meu pesadelo para me teletransportar a um sonho maravilhoso. Se ainda era Confutatis quem aí estava e se era dele que vinha essa música, eu deleitar-me-ia em ouvi-lo todo o tempo que fosse necessário.

Antes de me perder no devaneio do ronronar dos acordes que flutuavam no ar, antes de perder a consciência, antes de desaparecer, comecei a murmurar – mais para mim do que para qualquer outra coisa: "Confutatis Maledictis, Flammis Acribus Addictis, Voca Me Cum Benedictis".

Então uma felicidade infinita tomou conta do meu ser.

# *O Último Dia de John Morrow*

O relógio de marca que trazia no pulso tornou-se uma medida inútil de tempo. Segundos indistintos, minutos eternos, horas sem fim... nenhum deles servia para descrever a duração da sua estadia naquele maldito lugar.

O irlandês John Morrow estava sentado numa cadeira de madeira rústica, os cotovelos apoiados numa mesa do mesmo estilo, e exibia uma expressão completamente abatida. À sua frente havia comida para cerca de dez pessoas. A janela estava aberta e, à exceção de algumas nuvens brancas, o dia estava perfeito. Perfeito demais... quase artificial.

"Já estou cansado desta mentira", pensou consigo mesmo.

Bem, assim era. Tudo ao seu redor era falso. Ou, pelo menos, não era verdade, no sentido convencional da palavra. Os objetos estavam lá, era verdade, mas o lugar tinha características estranhas. Começando pelo facto de que não via ninguém há algum tempo. No entanto, o lugar estava impecavelmente limpo, arrumado e a comida aparecia, religiosamente e como por magia, na mesa para todos os pequenos-almoços, almoços e jantares.

Mil e uma vezes se tentou afastar daí para deixar aquela realidade, que começava a tornar-se insólita. Poder-se-ia dizer que estava nos Estados Unidos, na Austrália ou na Irlanda, a sua terra natal – era impossível saber.

Podia ver para fora do lugar onde se encontrava: uma bela casa de campo, cercada por uma relva tão verde que parecia surreal. Mas, por mais que caminhasse na direção oposta à da casa, jamais podia afastar-se e ir-se embora. Sempre que se virava para a olhar de soslaio, a casa ficava a menos de um quilómetro de distância. Sempre.

Depois de algumas semanas naquele local, chegou à conclusão de que alguém o mantinha em cativeiro. E não estava muito errado. Mas a pergunta era por quem? E, acima de tudo, para quê?

Pouco a pouco, o tédio foi dando lugar à loucura: as suas experiências tornaram-se cada vez mais estranhas, na tentativa de obter alguma reação ou causar algum efeito nas pessoas que o mantinham cativo. Fosse a reação qual fosse. Começou por partir os móveis; noutra ocasião, gritou sem parar durante horas. Depois, começou uma greve de fome. Decidiu correr nu pela casa, magoar-se a si mesmo ao atirar-se contra as paredes, entre milhares de outras coisas. Tudo sem sucesso. Parecia estar sozinho no mundo. Depois de muitas tentativas, John Morrow percebeu que não tinha nada a ganhar com magoar-se ou morrer de fome.

Os seus pensamentos giravam em torno de muito poucas coisas. Estaria a sua família preocupada com o seu desaparecimento? O que aconteceu naquela noite? Quem o trouxe a este lugar? A noite em que deixara a sua casa para aparecer subitamente neste inferno fora clara, com um céu cheio de estrelas. Tinha ido tomar algumas cervejas com os amigos no bar perto de casa, nada fora do comum. Bebeu demais... nada fora do comum, também. E, depois de andar aos tropeções pela rua, caindo ao chão repetidamente, adormeceu a um canto. Quando acordou, deu-se conta de que estava numa cama bonita, com cobertores vermelhos, e o sol brilhava, com os seus raios a entrar pela janela, iluminando toda a sala. Uma imagem que se repetiria mil vezes, a partir desse momento, até à exaustão.

Um dia, mais saturado do que o normal, começou a gritar com as paredes. Simples gritos, sem conteúdo. Depois, começou a pontapear todos os móveis, sem deixar de soltar esses uivos estridentes. E, finalmente, viu uma saída: os talheres. Não era a melhor saída, mas era, depois de tudo, uma saída. Agarrou a faca mais afiada que encontrou. Viu o seu reflexo na lâmina. Estava completamente fora de si; era agora ou nunca. No momento em que apoiou o gume no pulso, ouviu uma tosse suave detrás dele.

Virou-se e a sua surpresa foi tão grande que deu um salto para trás, tropeçando na cadeira e caindo ao chão com estrondo, deixando a faca cair e deslizar para longe dele: alguém mais estava na mesma sala. Mas não apenas alguém... quem estava em pé à sua frente era nada mais e nada menos que ele próprio. Um espelho? Não. Estava de cócoras no chão e o John Morrow que via estava de pé. Uma visão estranha. John não tinha irmãos nem primos... quem era, então, esse outro John Morrow que o encarava? Os seus olhos, porém, tinham algo de diferente – um brilho estranho, uma frieza inumana.

— Olá – disse o segundo John Morrow, simplesmente, olhando-o sobranceiramente, como se o encontro entre os dois fosse a coisa mais natural do mundo.

— Olá – ouviu-se responder o irlandês, com um tom levemente estridente.

Há apenas dois segundos, estava prestes a cometer suicídio, e agora isto. "Realmente enlouqueci", pensou.

— De maneira nenhuma – respondeu o seu irmão gémeo. – É claro que eu não sou tu, não sou um segundo John Morrow. Como também está claro que este lugar não é a

Terra. Como também deveria ser evidente que não sou humano.

— Não sei nem me interessa quem és ou o que queres... — mentiu John — A única coisa que quero é sair deste lugar. Não sei por que me trouxeram aqui, mas foi certamente contra a minha vontade.

A criatura isomórfica respondeu, não dando sinal de o ter ouvido:

— Somos uma raça desconhecida para vocês. Se tomei esta forma foi para não te assustar com a minha verdadeira aparência. Tinha de me comunicar contigo para poder entendê-los melhor. Não observamos a sociedade humana há muito tempo, apenas algumas centenas de anos — o que, entendo, implica várias gerações na vossa escala de tempo. Estudamos sociologia, filosofia, história, arte, literatura, línguas e dialetos, tudo o que pode existir sobre o pensamento humano. Estávamos ao lado de Napoleão em Austerlitz, observamos os poilus durante a Primeira Guerra Mundial e depois os kamikazes japoneses e os nazis alemães na Segunda Grande Guerra, e também os vimos cair. Vimos os conflitos em Cochinchina, no Vietname e na Argélia. Testemunhamos inúmeros conflitos em todo o continente americano durante as décadas que se seguiram — guerra após guerra, um conflito gerando outro conflito. A grande conclusão a que chegamos é que, parafraseando o poema de Gertrude Stein, "uma guerra é uma guerra é uma guerra". Na verdade, a história da humanidade é cíclica.

— Estão satisfeitos com as vossas descobertas? — respondeu John, ironicamente.

— Entendemos tudo o que analisamos, exceto a felicidade humana.

"Entendo," pensou, sem abrir a boca, John "nota-se que não sorriste uma única vez na vida."

– Exatamente. Não entendemos nem o rir nem o sorrir, nem o sentimento de felicidade nem o que está por detrás dele.

O irlandês deu um passo atrás. A surpresa de que a criatura pudesse saber o que pensava durou pouco, no entanto – o alienígena falava sem parar. Além disso, o falso John Morrow tornava-se menos humano a cada segundo que passava.

– Muitos tentaram expressar a felicidade em palavras, mas poucos conseguiram transmitir mais do que um par de conceitos sem sentido. Estudamos o conceito de nirvana durante bastante tempo e queríamos analisar como uma pessoa pode atingir esse estado de felicidade absoluta.

– Por que me trouxeram aqui? Porquê a mim?

– Trouxemos-te aqui para analisar como reagirias a um ambiente que, de acordo com os padrões de felicidade que analisamos, tem tudo o necessário para que sejas feliz. És a nossa cobaia, se quiseres chamar-lhe assim. E, se queres saber por que motivo és tu quem está neste lugar e não outra pessoa, temo que a resposta seja demasiado simples: acaso. Nada te diferencia de outro ser humano e é por isso que te escolhemos. Tu és um qualquer. Todos reagiriam da mesma maneira – então, para quê escolher a alguém em particular? Todos os homens e mulheres são iguais. E de acordo com o que te vimos fazer... temos muito em que pensar.

– "Todos os homens felizes se parecem, mas cada homem infeliz é infeliz à sua maneira", é isso que pensam? Não podiam estar mais errados. Não há homens felizes! – respondeu John Morrow, com raiva.

Apesar de a criatura não ter demonstrado nenhuma emoção em nenhum momento, pareceu abatido ao ouvir as palavras do humano.

Ele mesmo o tinha admitido – era uma verdade irrefutável e a expressou-a com um esgar quase impercetível.

— Então já me posso ir embora deste lugar? — perguntou o irlandês, deixando escapar um pouco de ar pela boca, impaciente.

— Sim — respondeu finalmente o falso Morrow, depois de alguns segundos. — Sim, podes ir agora. John Morrow virou-se, voltando as costas ao companheiro e sósia. No mesmo instante, pôde ver a sombra do seu alter ego desenhada no chão. Num segundo, a forma cresceu e deformou-se de uma maneira estranha.

Apavorado, e sem tirar os olhos da sombra, que já ocupava quase toda a sala, sentiu calor na nuca — a respiração da criatura foi a última coisa que John Morrow sentiu na sua vida.

# Infinito

Um chá. Um suave vapor eleva-se da chávena até ao meu nariz, enchendo-me os pulmões de um ar novo e morno. Respiro profundamente. Outra vez a mesma sensação. A minha mente transborda de imagens, ícones… lembranças da minha vida anterior. Vejo-me imerso numa dessas situações que fazem da mente uma espoleta da imaginação… da memória. Ou, quiçá, das duas.

A luz fraca que ilumina esta sala em penumbras faz-me ver coisas que não estão realmente aqui. O meu reflexo no espelho assusta-me. O vapor que sobe lentamente, desaparecendo no zéfiro, sub-repticiamente afastando-se da chávena, deixa-me hipnotizado. Formas amorfas em constante movimento. Uma dança eterna.

A minha mente divaga e vê uma pessoa no meio da nuvem. Pestanejo e essa imagem, de repente, já não está lá. Apenas a fumaça, novamente. Uma brisa suave e impenetrável de uma janela semiaberta faz com que a minha pele se arrepie. Sinto calafrios. Enquanto seguro a chávena com as duas mãos, uma sensação de calor espalha-se por todo o meu corpo.

Levanto-me da cadeira em que estou sentado e fecho a janela. É inverno e faz frio. Não se vê absolutamente nada através do vidro. Uma profunda escuridão reina lá fora. Não há vida fora desta sala. Embora não possa afirmá-lo com toda a certeza.

Não gosto do frio. Nem do inverno. Um e outro fazem-me sempre entrar num estado de espírito meditativo, contemplativo... uma atitude que não me atrai demasiado. A minha mente é, muitas vezes, um ser independente de mim e leva-me a lugares que nem em sonhos quereria visitar. Mas parece inútil resistir.

Com a janela fechada e a chávena de chá nas mãos, não paro de meditar. Olho para a caneca e uma boca esboça-se na fumaça. Mais uma vez, o meu inconsciente a brincar comigo. Já não me surpreendo ao ver essa imagem tomar forma. Essa boca fala comigo..., mas não entendo o que diz. Desaparece.

Sento-me na cadeira mais uma vez. O quarto está húmido, o que dá a sensação de que está sempre a chover lá fora. Tenho de estar constantemente abrigado neste lugar... e o tempo todo com um chá na mão. A infusão da salvação. O quarto está nojento... dias e dias sem o limpar. A cama desfeita, cheia de comida em decomposição. Muitos insetos. Felizmente, já não durmo aí.

Aspiro, mais uma vez, o aroma do meu chá. Penso. Eternamente, os meus pensamentos giram à volta do mesmo assunto; embora o tente esquecer infinitas vezes, sempre emerge quando menos espero. O vapor da minha bebida quente forma agora uma montanha pontiaguda e muito afiada. Não, não é uma montanha. Já sei o que é, as minhas lembranças intrometem-se mais uma vez: é uma faca. Mas os meus olhos já não derramam lágrimas por causas perdidas.

O quarto está decorado com vários quadros — todos me recordam a minha adolescência. Realmente não sei porquê, mas é assim. Num deles, o desenvolvimento de uma vida é ilustrado, do nascimento à morte, mostrando a mesma pessoa cada vez mais e mais e mais e mais velha. É de um pintor alemão, Kaltblutt... Não o conheço e nunca ouvi nada sobre ele, além do nome que aparece no desenho, mas, no entanto, a sua pintura está aí pendurada. A imagem está muito borrada. Não só esta, mas a de todos os retratos pendurados. A camada de pó sobre eles é incalculável. Incalculável... como o tempo que passou desde a última vez que alguém os viu e apreciou como as obras de arte que são.

Um novo hálito daquele perfume inebriante. Estranhamente, as minhas preocupações não me dominam, apesar do constante ridículo a que me expõem as minhas memórias e o meu inconsciente. Estou tranquilo. Creio que as coisas não poderiam ser piores e, portanto, vejo os meus problemas como coisas distantes. Coisas que talvez me tivessem importado e tivesse em alta estima, tomo-as como passageiras nesta vida. Não me importam muito... "Afogo-me num mar de depressões...", uma frase que usava muito frequentemente. Agora já não, embora não saiba se foram as depressões que desapareceram ou se, finalmente, me afoguei.

Batem à porta. Não me mexo, deixo que batam. Aqui ninguém lhes vai responder.

Outro golpe. Nenhuma resposta. Depois de alguns minutos, o silêncio cai sobre o quarto, novamente. Novamente o nada. Só eu e a minha chávena.

A janela abre-se, suavemente, como se impulsada por alguma entidade invisível. Uma brisa suave, mas gelada, sopra pelo quarto, dando à putrefação geral do lugar um toque de frescura. Um pouco cansado de segurar na chávena, apoio-a na cadeira em que estava sentado. Vejo o bule, no seu lugar, e o vapor que sobe dele segue as ordens do vento.

O chão está empoeirado, como tudo no quarto. Dou alguns passos, devagar, observando as coisas imundas que estão espalhadas pelo chão. Sem me surpreender, vejo uma pessoa caída. Não é de admirar, já sabia que havia alguém aí; simplesmente não me lembrava. Está aí há muito tempo — talvez tenha sido por isso que se evaporou da minha memória. Talvez a minha mente quisesse esquecê-lo… não sei.

O indivíduo está deitado ao lado da cama. Visivelmente morto. Não consigo ver-lhe o rosto, está de lado. Não se mexe, não respira, e tem milhares de pequenos vermes espalhados por todo o corpo. Não faz nada. Nada.

Um ataque repentino atinge-me no estômago. Medo. Um suor frio percorre-me todo o corpo. As mãos tremem-me, não as posso controlar. Entorpecem-se, deixo de as sentir. O terror percorre todo o meu ser quando me dou conta do óbvio. Tenho a boca seca, a minha língua deixa de se mover. Os meus joelhos não têm força e não consigo manter o corpo na vertical. Apenas a minha chávena de chá me observa como testemunha do sofrimento que me domina. Não sente dor, fria, exceto pelo calor do seu conteúdo que, como o de todas as pessoas, também se extinguirá, eventualmente.

Caio de bruços, sobre os meus braços…, mas ainda não caí completamente. Vejo a janela abrir-se, mais uma vez. A minha mente divaga, a chuva nunca mais cairá, nunca mais haverá amor na minha vida, as plantas pararão de crescer, as crianças nunca deixarão o ventre das suas mães… nunca mais nada.
Noto como a chávena se esfria completamente e não há mais vapor saindo dela. As minhas últimas forças abandonam-me e desmorono-me pelo chão. Uso os meus momentos finais neste lugar para espreitar a face do cadáver ao meu lado… o meu próprio rosto.

# Uma Voz no Vento

Abro os olhos.

O teto é o mesmo de sempre.

Olho para os meus braços. Muito bem, ainda são braços humanos. Desde que li a Kafka, tenho medo de acordar e ser uma barata. Hoje não é o caso. "Isso nunca vai acontecer. É ficção", diz uma voz na minha cabeça.

Levanto-me deixando tudo como está: a cama uma bagunça e a roupa que usei ontem espalhada pelo chão. Os lençóis ficam sempre feitos num novelo; custa-me adormecer porque fico enredado nos meus pensamentos. "Muitas coisas em que pensar", parece confirmar essa voz dentro de mim.

Saio. Está frio na rua, mas para ir trabalhar há que levantar-se cedo.

Correr e levantar sacos. Lixo. Voltar a correr e levantar mais sacos. Mais lixo. "As pessoas são lixo", pressinto um sussurro, por dentro. Não o nego, mas por agora tenho de me concentrar em levantar mais detritos e acelerar o ritmo, para não ser deixado para trás, no meio da rua, pelo camião recolector.

Ainda é de noite. É tão cedo que nem o sol se dignou a levantar-se.

Aproximamo-nos da esquina com os prédios que detesto tanto. Há um vizinho que nunca ata os sacos; infestam-se de ratos e sou eu quem tem de sujar as mãos. "Isso faz-me sentir como os sacos que levanto", digo a mim mesmo. "Não", responde alguém na minha cabeça, "ele é que é o lixo; deixa os sacos assim de propósito para irritar os cantoneiros". Surpreende-me, por um segundo, a resposta da voz. "O que se lhe há-de fazer... já passamos pelo prédio e o dia ainda agora começou... com calma", digo eu, encerrando o assunto. "Por enquanto...", sussurra o meu companheiro invisível.

Abro os olhos. O teto, os meus braços. Tudo continua igual. O frio bate-me no rosto, o sol recusa-se a nascer no horizonte. Mais um dia como tantos outros.

Subo ao camião. Correr, levantar sacos... lixo. Lixo, lixo, lixo. Na verdade, o meu companheiro incorpóreo tem razão: as pessoas são o verdadeiro lixo; aquelas que sujam tudo e fazem com que os outros se sintam tão podres como aquilo que eles deitam fora. Acima de tudo, pessoas que não atam os...

Fico surpreendido por um segundo: o maldito deve ter-se esquecido de tirar o lixo no dia anterior e está a fazê-lo agora. Vejo-o. Já sinto esse cheiro a podre.

"Devias matá-lo", aconselha-me alguém ao ouvido. Dou-me volta para olhar ao meu redor, rapidamente. Não há aqui mais ninguém. Assusto-me, a princípio, mas depois percebo quem me aconselha.

"Não, não posso. Desmascarar-me-iam", digo.

"Quem se daria conta?", pergunta-me, "Ninguém notaria a falta de um lixo como esse", insiste ele.

"Não, não posso...", mas a dúvida já se instalou na minha mente e se nota no tom da minha voz.

"Não te esqueças do lixo... dos ratos... do cheiro a cadáver."

Essa frase parecia ser tudo o que faltava: um segundo antes de que a sua porta se feche, entro com ele no prédio.

Desaparecemos os dois na escuridão da entrada, de onde apenas um de nós volta a sair caminhando pelo seu próprio pé. O outro, sai dentro dos sacos.

Olhos. Texto. Braços. Sinto-me muito melhor depois de ontem à noite.

"Mas ele não é o único que o merece", diz-me a voz, em tom casual. "Afinal de contas, há lixo por todos os lados."

Sei perfeitamente que não se refere aos resíduos domésticos. "É verdade", ouço-me responder, "Mas agora, há que ir trabalhar."

"Há que ir trabalhar", ecoa o meu companheiro abstrato.

Trevas. Apenas as luzes fracas dos faróis públicos iluminam as ruas. As pessoas parecem fantasmas a essa hora da manhã. Rotina: correr e levantar sacos de lixo.

Na esquina daqueles prédios, tudo parece continuar como antes, mas vislumbro uma porta aberta. Algum porteiro cabeça-de-vento a terá deixado assim.

"Desta vez, damos nós o primeiro passo." O pronome pessoal plural "nós" reverbera na minha cabeça quando entro e forço a primeira fechadura que me aparece pela frente.

"Não importa quem sofra, são todos iguais", opina a minha cabeça, mas estou confuso; não sei se sou eu ou a voz quem pensa isso.

Vejo uma cozinha e um quarto. Está tudo escuro e silencioso. Vejo a cama, mas não está lá ninguém. "Tem que haver outro qu..."

Sinto um golpe, como um aplauso, na nuca.

***

Tanto estresse. Trabalho, trabalho e mais trabalho. Sinto que um dia destes arranjarei coragem e levo uma espingarda para o escritório e mato-os a todos. Principalmente, aqueles que estão sempre a perguntar-me "Em que projeto novo estás a trabalhar agora?" Meu Deus, como me atormentam! Não deve ser normal odiar tudo e todos, sem exceção, no escritório, ou é? A verdade é que sinto que um dia vou perder o controlo e fazê-lo, realmente.

Felizmente, hoje é sexta-feira. Vou comer cedo e depois irei logo dormir. Amanhã será outro dia. Depois de comer, adormeço em poucos segundos. Nem uma volta na cama, nem sinal desse novelo mental.

Ouço um ruído. Desperto-me e estou totalmente alerta, alguém está dentro da minha casa. Ainda está escuro, são seis da manhã. Rapidamente, escondo-me debaixo da cama e pego num pedaço de madeira velho, sobras de quando renovei o quarto. Tento acalmar-me, estou muito nervoso. Ouço passos suaves a aproximar-se. Em breve, poderei ver o intruso aparecer no umbral da porta. Sinto o coração palpitar-me no peito com tanta força que me surpreende que não o ouçam os vizinhos todos.

Vejo-lhe os pés... e a minha única oportunidade: ao não ver ninguém no quarto, o intruso dá meia volta e sai do quarto. Salto de debaixo da cama e bato-lhe na cabeça, com toda a força, com o pau. O intruso cai ao chão, mas eu não paro de lhe bater. O sangue mancha todas as paredes, os móveis e eu fico completamente empapado desse líquido viscoso.

Não sei porquê, mas sinto uma calma enorme quando o vejo morto... é uma sensação estranha. O seu corpo sem vida está deitado no chão como se estivesse a descansar. Um leve sorriso assoma-lhe nos lábios e um esgar de surpresa adorna-lhe o olhar: pareceria estar aliviado.

"Posso pontapeá-lo um pouco mais?", ouço dizer-me uma voz.

"Por que não?", responde a mesma voz.

*Monumento aos Caídos numa Guerra Qualquer*

O monumento foi erigido no meio de uma praça completamente vazia, desprovida de árvores e pessoas. Pelo que ouvi dizer, a ideia tinha sido de um militar reformado, que queria que a estátua estivesse localizada numa área despovoada, para que grandes grupos de pessoas, civis e militares, pudessem visitar o local e ter uma boa visão da figura.

O monumento mostrava uma mulher de 40 metros de altura, sentada, provavelmente querendo simbolizar algum grande valor como a liberdade ou justiça – pouco importa, realmente. O seu braço estava estendido e a palma da mão aberta, casualmente e sem esforço, como alguém que está a ver se chove, com os dedos estendidos.

Para que serviu a guerra?

Naquele momento começou a chover e foi como se a mulher ganhasse vida: estava a chorar.

# Um Sopro na Escuridão

Finalmente tinham-no apanhado. Tinham-no encarcerado. Na imprensa, apelidavam-no "Jack, o Estripador" ou "O Canibal de Rothenburg", numa tentativa de lhe dar um nome mais criativo. A maioria, no entanto, conhecia-o apenas por "Willy". Vendia-se o dobro quando esse nome aparecia nas capas dos jornais. A sede dos leitores por tinta vermelha parecia não ter fim e os média decidiam, constantemente, satisfazer essa necessidade.

O detetive responsável pela detenção era um jovem de cabelos curtos e uniforme impoluto. Era fã de Agatha Christie e, embora todos adorassem Poirot, ele idolatrava Hastings. A sua filosofia de trabalho podia resumir-se na frase "o talento pode conseguir muito, mas nada que valha a pena pode ser alcançado sem muito trabalho". O seu nome era König.

Willy estava isolado no quinto subsolo da prisão de segurança máxima da capital – apenas ele e as tecnologias mais sofisticadas para o manter sob controlo. Eram necessários os códigos de acesso de dez pessoas diferentes para aceder ao local e ter contato, ainda que distante, com o recluso. Quinze guardas trabalhavam nesse lugar e nenhum estava feliz de estar aí. Mesmo com todas as precauções e sistemas de segurança, a atmosfera na prisão era tensa, o medo que se sentia no complexo era tangível. A segurança que os técnicos professavam não trazia nenhuma paz de espírito aos seus guardas: pelo que se contava de Willy, esse homem tinha assassinado mais de 200 pessoas, de maneira cruel e sanguinária. Era normal ter medo. No entanto, era a criatividade dos seus métodos o que mais terror causava na mente de todos os trabalhadores do local: mutilações, torturas e até canibalismo eram apenas algumas das atrocidades de que Willy era acusado. Um homem capaz de semelhantes coisas não tinha limites e, claramente, o pensamento comum na prisão era que códigos, circuitos elétricos e portas de metal não o iam deter. Pelo menos, não por muito tempo.

König tinha chegado à cárcere e descia as escadas lentamente. Tinham-lhe ligado; precisavam da ajuda do homem que tinha conseguido encontrar e encarcerar o maníaco Willy. Investigadores e psicólogos não estavam a conseguir extrair nenhuma informação do detido – agora, era a vez dele.

Os dez funcionários estavam à espera dele para abrir a porta mais segura alguma vez criada. Um por um, inseriram os seus códigos no computador central, usando um cartão especial. A porta abriu-se e König entrou na área restrita.

    – É importante saber não apenas o número de pessoas que assassinou ou onde se encontram os corpos, ... – o detetive recordou as instruções do seu superior – mas também saber como os matou. Isso facilitará o cálculo da sentença que, esperemos, seja bem longa.

Chaves, códigos, portas, barras e guardas. Por todos eles teve de passar o detetive König para chegar até ao seu homem. Para começar a trabalhar.

Willy estava sentado numa cadeira no meio da sala de interrogatório, de pés e mãos amarrados como se fosse um esquizofrênico perigoso. Talvez o fosse. Tinha o cabelo rapado e barba de alguns dias. Não tinha traços faciais particularmente distintivos, exceto por uma ruga levemente escura ao lado do olho direito. Nada indicava a idade do recluso: poderia tão facilmente ter 20 como 40 anos.

König acenou com a cabeça, levemente, ao guarda que estava perto da porta e este retirou-se, com mal disfarçado alívio. Na sala, havia outra cadeira e uma mesa. O detetive sentou-se e fitou o detido nos olhos. O olhar de Willy estava fixo, enfocado apenas no que tinha imediatamente à sua frente: a pessoa que o detivera.

Para quebrar o gelo e irritar um pouco o acusado, o detetive perguntou simplesmente:

– Que tempo miserável, não? Parece que vai chover outra vez...

Willy continuou a fitá-lo fixamente, imóvel, sem dar qualquer indício de o ter ouvido. König começou então com o interrogatório.

– Quantas pessoas mataste durante a tua vida, Willy? Quantos homens e quantas mulheres? Ainda os consegues contar?

Do lado de Willy, nenhuma resposta se escutou.

– Os corpos que encontramos mostram sinais de canibalismo, em alguns casos, e abuso de vários tipos, em quase todos. O que fizeste com as tuas vítimas? Não sentes nenhum tipo de remorso?

Nenhuma resposta.

Depois de várias horas de interrogatório, ou de monólogo, já que Willy continuava sem pronunciar uma palavra, König perdeu a paciência e esbofeteou-o com força.

– Dava-te prazer causar dor? – gritou o detetive, usando todo o poder da sua voz para intimidar o recluso.

De repente, algo inesperado aconteceu – algo que ninguém na prisão, e especialmente König, pensou que poderia acontecer, jamais. Primeiro, uma queda de corrente elétrica: todas as luzes tremeram durante alguns segundos, durante os quais o detetive pôde ver o rosto impassível de Willy, os seus olhos poisaram-se nos dele, e as gotas de suor no corpo de König congelaram. Depois, a eletricidade expirou, num sussurro, e depois morreu, deixando a sala inteira às escuras. Lá fora, à distância, detrás do vidro protetor, ouviam-se gritos e o ruído de passos. Mas nenhuma ajuda viria, ninguém se podia aproximar – toda a segurança que tinham usado para se proteger de Willy impedia-os agora de se aproximar do detetive.

Não se via absolutamente nada dentro da sala. A escuridão era total. O subsolo não tinha janelas e o ar era pesado. König saltou da cadeira assim que a luz se apagou e, entre as sombras, arrastou-se até uma parede que, se o seu sentido de orientação não lhe falhava, era a mais distante do lugar onde estava o prisioneiro.

A tensão aumentava a cada segundo. O coração do homem da lei batia-lhe violentamente no peito e as suas percussões reverberaram-lhe fortemente nos ouvidos: medo no seu estado mais puro. Apesar do turbilhão de sensações que o invadia, o silêncio reinava na sala. Mas esta era apenas a calma que sempre precede uma tempestade.

Subitamente, tudo se deteve na cabeça de König. Ruídos de metal. As correntes que mantinham os braços de Willy imóveis começaram a chocalhar; inocentemente a princípio, com força, depois. Estava a testá-las, não havia perigo.

Até que tudo ficou fora de controlo: libertando-se das suas grilhetas, a loucura de Willy desatou-se em ruído, pancadas, arquejos e gritos furiosos. Não só estava livre como estava a destruir aquilo que antes tinham sido as suas correntes.

Depois, fez-se novamente silêncio.

Passos ecoaram no nada e um sussurro suave na escuridão quebrou a quietude.

– Agora já posso responder a todas as perguntas que tenhas. E saberás se disfrutei ou não daquilo que fiz com as minhas vítimas. Posso mostrar-te tudo o que fiz, com luxo de detalhes. Temos tempo.

A respiração de Willy aproximava-se, lentamente...

# O AMOR E O TEMPO ENTRAM NUM BAR

*None of us really changes over time. We only become more fully what we are.*

The Vampire Lestat – The Vampire Chronicles #2 (1985) – Anne Rice


*In the very depths of Hell, do not demons love one another?*

The Vampire Armand – The Vampire Chronicles #6 (1998) – Anne Rice

# A Biblioteca

Um homem magro, não muito alto, entrou na sala de leitura e dirigiu-se diretamente aos primeiros livros que lhe chamaram a atenção. Não olhou à sua volta nem cumprimentou o homem que estava sentado na mesa ao lado da entrada. Este, no entanto, viu-o entrar e olhou para ele com desprezo, ofendido pela falta de boas maneiras do recém-chegado.

O visitante pôs-se a olhar para a lombada dos livros, como se procurasse algo específico – o seu olhar denotava concentração e esforço. Procurava apontando com o dedo indicador, acariciando os volumes, e, assim que alguma cosa lhe chamava a atenção, pegava num dos livros da pilha. Depois de folheá-lo com curiosidade, devolvia-o ao seu lugar e recomeçava o processo com outro.

O interesse do bibliotecário pelo homem foi aumentando lentamente enquanto observava a determinação com que o visitante levava a cabo a sua investigação. Decidido a esquecer, ainda que momentaneamente, a falta de boas maneiras que o homem demonstrara ao entrar no complexo, deixou o livro que estava a ler sobre a mesa, tirou os óculos de leitura e guardou-os, endireitou a roupa e o crachá que trazia ao peito (que não tinha o seu nome, mas sim um número, o "25") e aproximou-se do visitante.

– Bom dia, posso ajudá-lo?

– Não sei, talvez... – respondeu o homem, sem sequer olhar para ele e sem interromper a sua busca – estou à procura dum livro que...

– Obviamente – interrompeu o outro, com grande autoridade – se está aqui é porque está á procura de um livro. Isto é A Biblioteca! – exclamou o bibliotecário, acentuando o artigo definido com um ar de superioridade.

– Sim... – foi a resposta lacônica do visitante desconhecido, no tom distraído de quem quer terminar uma conversa indesejada, continuando sem se dignar a olhar para o número 25.

– Bem, diga-me então de que livro está à procura e encontrá-lo-emos imediatamente. O nosso sistema é perfeito e os nossos funcionários realizaram estudos de biblioteconomia em diferentes países, alguns até fizeram pós-graduação em pequenos rótulos que...

– Sim, sim... – interrompeu o visitante, sacudindo a mão como para o silenciar, já um pouco irritado pelas contínuas interrupções – mas acho que não me pode ajudar. Realmente não sei de que livro que estou à procura.

O bibliotecário pareceu um pouco surpreendido com a resposta. "Não sabe de que livro está à procura?!", pensou, e a pergunta reverberou na sua mente por breves momentos. Para ele, não havia pesquisa impossível – mesmo que o usuário não soubesse que livro procurava – e estava pronto para aceitar o desafio.

– E que tal eu lhe mostrasse um pouco da biblioteca? – perguntou o funcionário ao visitante com um sorriso aberto – Talvez assim, enquanto examinamos outros volumes, as suas ideias se tornem mais claras e me saiba dizer o que procura.

– Sim... bem, por que não? – respondeu o homem, embora sem muito interesse, deixando o livro que tinha nas mãos na prateleira sem o acomodar e fazendo o bibliotecário estremecer visivelmente.

A visita guiada à biblioteca tinha começado e o número 25 começou imediatamente com um monólogo shakespeariano – atemporal, inextricável, incompreensível e cheio de circunlóquios que não levavam a lugar nenhum – sobre a história da biblioteca, os últimos volumes adquiridos, os estudos dos funcionários que aí trabalhavam, entre centenas de outros tópicos. Mas nada disto pareceu despertar a atenção do visitante.

Depois daquilo que pareceu serem várias horas de monólogo, o funcionário chegou ao ponto que queria abordar.

– Nesta biblioteca, temos todos os livros. E quando digo todos, quero dizer absolutamente *todos* os livros jamais escritos no mundo, durante toda a nossa história. Todas as histórias que jamais foram escritas. E, mais importante ainda: possuímos livros sobre todas as pessoas do planeta – enfatizou o bibliotecário, num tom misterioso.

Isto pareceu chamar a atenção do visitante pela primeira vez desde que tinha pisado o chão da biblioteca e, finalmente, os olhos de ambos encontraram-se. O bibliotecário, observador por natureza, pôde finalmente ter uma visão geral da pessoa a quem estava a tentar ajudar... algo que fazia frequentemente e provava ser fundamental para entender um pouco melhor a essa pessoa. Até agora, não tinha sido muito bem-sucedido na sua análise: a sua única conclusão era que o homem que tinha à sua frente era um ser um tanto estranho, sem maneiras e com rasgos tão comuns que – tinha a certeza – assim que se fosse embora, esquecer-se-ia completamente do seu rosto em menos de dez minutos. Tudo isto, claramente, não era de grande ajuda para completar a sua missão com êxito.

– E como funcionaria isso? Diga-me, por favor, que quer dizer exatamente com que têm livros sobre todas as pessoas do planeta...?

— Cada pessoa tem sua biblioteca, é claro — disse o número 25, sempre interrompendo — Toda e qualquer pessoa que tenha pisado a face da Terra, todo e qualquer ser humano que tenha deixado o seu rastro neste mundo, tem a obra da sua vida guardada neste edifício sagrado. Temos todas essas vidas relatadas em grandes volumes imperecíveis: infinitas palavras, descrevendo tudo o que aconteceu na vida dessas pessoas. Podemos dar um passeio por algumas dessas salas, se quiser...

Sem parar de caminhar enquanto falavam, entraram numa sala gigante: tinha cerca de vinte metros de altura e centenas de metros de comprimento, e estava coberta de livros até onde a vista alcançava. O visitante aproximou-se imediatamente de uma das estantes, particularmente carregada de volumes antigos. Pegou num livro, folheou-o e, depois de alguns minutos, colocou-o de volta no seu lugar. E suspirou profundamente.

— Todos têm a sua própria biblioteca? — perguntou, enquanto continuava a sua investigação.

— Claro. Cada pessoa tem sua própria biblioteca. Nesta seção, por exemplo: em cada um dos volumes que vê, está relatada toda a vida de uma determinada pessoa, com todos os detalhes.

Surpreendido, o visitante ergueu as sobrancelhas, mas da sua boca não saiu nem um som. Agarrou num par de livros, quase aleatoriamente, mas estes não captaram a sua atenção por mais que uns breves momentos — não era de nenhum destes que estava à procura.

Continuaram a caminhar, entrando e saindo de diferentes salas, passando por diferentes prateleiras, lendo excertos de inúmeras vidas, uma atrás da outra.

A sala onde entraram a seguir era muito antiga e estava coberta de poeira por todos os lados. Fiel ao seu comportamento até agora, o homem pegou um livro da biblioteca, soprou com força para remover o pó acumulado ao longo dos anos, folheou o volume por uns instantes e leu algumas linhas duma página ao acaso e depois noutra. Os seus olhos pousavam sobre frases como "o seu trabalho consistia em anotar o número de erros que a máquina cometia ao cortar o papelão, notificando o seu superior quando esta ultrapassasse as 100 falhas diárias..."

    – Rotina estúpida... – sussurrou, mais para si mesmo do que para o bibliotecário.

E voltou a deixar o livro no seu lugar. Olhou para o companheiro de périplo e disse-lhe, simplesmente:

    – Continuemos...

Assim impelido a continuar, o número 25 decidiu levar o visitante às bibliotecas mais antigas. Certamente encontrariam nesses lugares a obra tão desejada, pensou.

A sua curiosidade aumentava com cada passo que davam, a cada sala que entravam: que tipo de livro esse que procurava que era tão difícil de encontrar? No entanto, e tal como anteriormente, depois de rever brevemente algumas obras empoeiradas... nada.

Horas depois e sem resultados à vista, os pensamentos do número 25 começaram a tomar uma direção um pouco diferente. "O livro que este tipo procura não existe. Anos e anos de estudos em biblioteconomia não seriam capazes de ajudar a alguém como ele."

Continuaram de sala em sala, e nada. Salas pequenas e limpas, salas lotadas e barulhentas, salas antigas e gigantescas que, certamente, tinham mais de um milhão de volumes... e nada: o visitante continuava sem conseguir encontrar o que procurava.

De repente, surpreendendo o já mais-que-aborrecido bibliotecário, o homem falou:

— Porque é que existem pessoas que têm tão poucos volumes escritos sobre elas?

— Vidas absurdas, sem sentido e medíocres, suponho. Uma vida sem problemas, sem conflitos nem desafios são vidas sem muitos eventos para narrar e, portanto, são vidas curtas. São novelas baratas, que ninguém quer ler, de qualquer maneira.

— Obviamente... — concordou o outro, aceitando a resposta sem comentários.

O ritual repetiu-se e repetiu-se durante aquilo que lhe pareceu uma eternidade, sempre interrompido por uma pergunta deste visitante estranho. Em consequência, as respostas pareciam agora vir de algum lugar distante: a voz do funcionário número 25 tornaram-se monótonas por causa do tédio, do cansaço e do fastio que iam crescendo nele à medida que a busca avançava, inútil e infrutífera até esse momento.

— Por que há tantas pessoas nesta sala? — quebrou o silêncio, mais uma vez, com outra pergunta, o homem.

— Esta sala está dedicada a um assassino em série — o homem matou mais de vinte pessoas. Mas não é isso o que atrai a atenção dos visitantes, já que a história viu nascer e morrer milhões de assassinos. Aquilo de que os leitores gostam mais, neste caso, é dos detalhes sangrentos das mortes. Este homem esquartejava os corpos e depois...

— Entendo o conceito.

Não era a primeira vez que, depois de fazer uma pergunta entusiástica, o estranho perdia todo o interesse no tema assim que a explicação começava. Obviamente, esta atitude desagradava ainda mais ao bibliotecário.

O tempo enquanto unidade de medida deixou de fazer sentido para o número 25. Mas, inesperadamente, o visitante sobressaltou-se ao poisar os olhos numa das obras expostas. O bibliotecário correu atrás dele, feliz: finalmente tinham encontrado o que procuravam; os seus estudos de ciências bibliotecárias tinham finalmente dado o seu fruto, o périplo tinha valido a pena, poderia finalmente livrar-se do indivíduo. Mas enganava-se.

— Este é o quarto onde está a obra escrita sobre o meu irmão – disse, em tom abafado; a sua voz soava diferente. A situação era, claramente, constrangedora para o visitante.

— Não era isso que procurava?

— Claro que não! O que tento encontrar é algo mais... egoísta, digamos..., mas não posso ler isto! – e voltou a colocar o volume que tinha nas mãos no seu devido lugar, com muito cuidado.

— Se me permite a pergunta: por que não? – perguntou o bibliotecário, agora intrigado.

O visitante olhou de relance ao redor da sala, que estava completamente deserta e silenciosa. Tinha uma expressão ainda mais séria do que o normal. Não havia muitos livros nessa sala e, àqueles que aí estavam, ninguém os lia. No olhar do homem não havia nenhuma emoção visível, nada indicava o que estaria a pensar nesse momento: poder-se-ia dizer que era um livro fechado.

Sem dizer uma palavra, saiu da sala e continuou o seu caminho, sem tomar uma direção muito clara.

As perguntas foram, a partir de então, menos frequentes, o que só servia para aumentar a curiosidade do bibliotecário.

A próxima sala que visitaram também era enorme. Parecia um palácio: ornamentos, pinturas, tetos abobadados e pintados com belas ilustrações e diversas figuras esculpidas em pedra, brilhando como se tivessem sido polidas há apenas alguns minutos atrás. O olhar do visitante recaiu sobre uma dessas estátuas, representando um anjo – os detalhes do rosto do ser celestial eram incríveis. O serafim estava agarrado à beira de uma das estantes, tentando não cair no vazio; os seus olhos mostravam um medo tão real que o homem estremeceu um pouco e dirigiu o olhar para a sala.

Mais uma vez, esta área da biblioteca estava coberta de livros até ao infinito. O número 25 já podia cheirar a vitória e sorriu com confiança.

"Claro, como é que não me lembrei disso antes? Por isso é que não sabia o que procurava, como a maioria das pessoas que procura este lugar...", pensou o funcionário.

O barulho era incessante, havia muitas pessoas interessadas nesta sala.

— Algo familiar? Alguma coisa que lhe chame a atenção? — perguntou, quando o visitante, pela enésima vez, iniciou o seu procedimento.

— A pessoa cuja vida se encontra relata nos tomos desta sala... fez alguma coisa muito importante? Não sei se se pode chamar a isto uma sala, é enorme e há tanta gente!

— Oh sim! Poder-se-ia dizer que esta pessoa mudou a história do mundo...

— Ah... — disse o homem, sem muito entusiasmo — continuemos então, o que procuro não está aqui...

— Tem a certeza? Olhe que muitos visitantes vêm aqui sem muito interesse, mas depois mudam de ideia... — o bibliotecário recusava-se a perder esta batalha.

— Tenho a certeza. Continuemos, por favor.

O bibliotecário ficou visivelmente desapontado.

Continuaram o seu caminho até à sala do lado, o visitante começou a ler um livro ao acaso e, depois de caminhar horas e horas por todos os lugares, o bibliotecário finalmente perguntou:

– Mas afinal... quem é você? – uma pergunta que, até então, não tinha feito de maneira concreta.

Erguendo os olhos do livro em que tinha pegado, o visitante sorriu e respondeu:

– Eu não sou ninguém em particular. E, realmente, não estou à procura de nada.

Fechou o livro, colocou-o no lugar, foi até a porta principal e saiu sem olhar para trás.

O número 25 esperou alguns segundos, para ter certeza de que o homem tinha realmente deixado as instalações para não voltar, e então agarrou no último livro que o visitante tinha inspecionado. Leu algumas páginas e viu que havia muitas folhas em branco.

Repentinamente, entendendo, sorriu.

Apoiou a obra sobre outros volumes da estante, mas não o voltou a pôr no seu devido lugar – não importava.

Arrancou o crachá com o número 25 do peito e deitou-o ao chão. Olhou em volta e foi procurar um livro, ainda que não soubesse bem qual.

# Do Branco ao Negro

— Não tenho tempo – disse-lhe eu.

Realmente, preferiria estar em casa. Naquela casa de sonho que todos temos dentro da nossa mente, onde está tudo bem. Essa necessidade de ficar quieto. As memórias são desnecessárias. Ou talvez...

— Tem 17 dias, no máximo – disse-me ele. O homem de branco tinha um tom pálido no rosto quando se dirigiu a mim.

— Não tenho tempo – disse-lhe eu.

O amor é uma daquelas paixões pelas quais faríamos qualquer coisa. Só pode ser explicado se realmente foi vivido, comprometido e entregue. And then again, maybe not[1]... porque se, de facto, fosse vivido dessa maneira, ninguém o poderia entender, para além das palavras utilizadas, já que é um sentimento único, insubstituível, irrepetível e, portanto, indescritível.

— O que se passa? –perguntou-me ela.

---

[1] Tradução aleatória e sem validade acadêmica do autor: "E, ao mesmo tempo, talvez não".

Ela, que para todos os outros pode ser apenas uma mulher qualquer. Ela, que para mim é alguém que defino como o verdadeiro significado de tudo com aquele sentimento ou paixão que mencionei antes. É inútil repeti-lo. Ela é alguém, para mim, único, porque só ela é para mim e eu para ela[2]. Une-nos algo mais profundo que a simples Zeugungsfreude[3].

Aproximei dela e chamei os outros. Todos se aproximaram, curiosos, talvez irritados. O meu silêncio intrigou-os. Sentei-me na frente da multidão. Respirei fundo, resignado. Olhei-os nos olhos e disse-lhes:

— Não tenho tempo.

---

[2] Pouco lembrado pelas suas histórias de guerra e voos noturnos, Antoine de Saint-Exupéry poderia explicá-lo, com certeza, muito melhor.

[3] Outra tradução do autor presunçoso: "Alegria da procriação".

# O Colecionista

– Por que tens esta foto aqui? – repreendeu-me Tamara, com um tom que mostrava, ao mesmo tempo, raiva, surpresa e, talvez muito profundamente, lisonja (embora talvez esta última tenha sido um pouco imaginação minha).

A foto que tinha na mão era uma foto dela, dessa época em que o nosso relacionamento era mais próximo do que aquele que tive com qualquer outra pessoa. De quando a relação que tínhamos um com o outro não se limitava a partilhar ideias ou a uma atração física, mas ia mais além – aquilo a que as pessoas normalmente chamam de "estar apaixonado".

Soube amar. Muitas mulheres passaram por aquilo definiriam como o meu historial amoroso.

Mas nenhum dos meus antigos relacionamentos chegou a bom porto. Um ano, seis meses, dois anos, três semanas, quatro dias – as variações de duração dos meus casos amorosos não parecem marcar uma tendência, impedindo-me identificar um problema comum. Sempre pensei que, quando encontrasse "a tal", essa que seria o meu verdadeiro amor, a dona de todo o meu ser, o resto não importaria (todo esse historial amoroso inútil). Mas essa tal nunca apareceu, e eu continuo à espera.

No entanto, embora possa ser rotulado como um romântico incurável, empedernido, obstinado e crédulo, sempre pensei, cada vez que me envolvi com uma dessas muitas mulheres do meu passado, que *ela* era a única; apenas para depois bater com a cabeça na parede e sentir o frio do abandono. Senti essa sensação fria inúmeras vezes, esse vento que vem do nada e nos congela até ao mais recôndito do nosso corpo e da nossa alma.

De cada relacionamento terminado, guardei sempre uma ou mais recordações. Na verdade, o melhor seria esquecer – muitos mo disseram. Mas, aprofundando a questão, o esquecimento é sempre uma batalha titânica contra nós mesmos, porque são as nossas memórias que nos fazem quem somos. As experiências do passado, essencialmente unificadas num ponto, são o que molda o nosso presente com os olhos postos no futuro.

Há quem diga que o passado e o futuro não existem, que vivemos um presente contínuo. O sofrimento é uma constante que não pode ser separada ou eliminada do ato de simplesmente ser. Portanto, tentar esquecer todas as mulheres que partilharam o seu tempo comigo, que deixaram uma parte de si mesmas em mim, é algo não apenas impossível, senão também indesejável. A dor do presente é tão maior quanto maior foi a alegria do passado.

Podemos deitar tudo pela janela, pegar fogo à casa (ou a toda a cidade), ir viver para outro país, viajar o mundo por dez anos – o passado sempre nos perseguirá para nos atormentar por ser exatamente isso: passado. Nunca irá a lado nenhum.

Então, de tudo o que tinha aquele relacionamento, daquela pessoa que, um dia, foi una comigo, de cada uma delas, guardei algo. As memórias nunca desapareceram, mas, como auxílio à memória, decidi sempre guardar alguma coisa material – uma lembrança da alegria, da felicidade vivida, mas também do esquecimento, das crueldades e vicissitudes da vida, onde tudo tem, infelizmente, uma data de validade. Em alguns casos, era uma foto lembrando-me da beleza da pessoa; noutros, uma fita, uma lembrança de um presente e da alegria compartilhada; noutros ainda, um filme, evocando um momento passado juntos. Num único caso, devo admitir, foi a amizade o que ficou, como cinza do amor que existira antes. Uma obsessão doentia, diria qualquer psicólogo; um apego a uma felicidade passada, explicaria eu ao especialista.

Tamara continuava a olhar para mim, à espera duma resposta – uma que eu não lhe poderia dar. Pelo menos, não uma que a fizesse feliz. Porque, quando amamos, nunca se esquece desse sentimento e apegamo-nos à ideia tola de que, mesmo que o relacionamento tenha terminado, alguma coisa acontecerá algum dia que fará com que tudo volte a ser como antes. No amor, o ser humano apega-se, como em nenhuma outra situação, à esperança, contra ventos e marés.

– Uma lembrança – foram as únicas palavras que saíram dos meus lábios.

A minha voz não parecia minha, como se alguém me forçasse a formar as consoantes e vogais dos sons abstratos que saíam da minha boca.

Ela olhou para mim com uma expressão que ainda tento decifrar. Os seus olhos formosos, que sempre foram o que mais gostei nela, repousaram sobre mim, friamente, como era seu costume antigamente. Pestanejou várias vezes antes de mudar de posição. Creio que também ela estava a pensar como interpretar o que lhe tinha dito em tão poucas palavras. Apesar de que da minha boca não saíram mais que uns sons trémulos, sem muita ênfase, as palavras são símbolos e carregam em si milhões e milhões de significados. Estas palavras tinham-lhe sido destinadas por mim e ela sabia como decodificá-las: "Ainda te amo, não consigo parar de pensar nos nossos momentos juntos, ainda me magoa que não estejas comigo".

Suspirou sem deixar de olhar para mim. Despenteou-se um pouco, o que ainda tinha o mesmo efeito hipnótico em mim, e o seu cabelo ficou com um ar desalinhado, dando-lhe uma aparência desleixada que a tornava ainda mais bonita.

Rasgou a foto em pedaços, até a deixar irreconhecível. Deitou-a ao chão e os pedaços foram levados pela brisa que entrava pela janela aberta.

Um suor frio percorreu todo o meu corpo. Cada rasgão da fotografia era uma ferida aberta no meu coração. Senti-me completamente vazio e senti a mesma dor do passado, com a mesma força e intensidade. Uma lembrança que ainda fazia parte do meu presente.

— Já faz cinco anos que terminamos... — disse ela seriamente, embora desta vez já não me olhasse nos olhos (nem sequer olhava na minha direção) — e neste tempo todo, nunca tive saudades daquilo que tivemos. Nem de ti, nem da tua voz, nem da tua presença.

Não sabia o que fazer além de fitar o chão — a vergonha que me invadiu era demasiada para conseguir continuar a olhar para ela. O inferno desabou sobre a minha cabeça e as lágrimas escorriam-me livremente pelo rosto, caindo ao vazio.

Com um esforço incrível, levantei a mão para me despedir dela. E ela foi-se embora, deixando-me sozinho. A casa ecoava os meus soluços.

"Um homem macho não deve chorar", diz o tango, mas creio que esta era uma exceção mais do que consentida.

Quando as lágrimas me permitiram recuperar a visão, a casa estava escura; era noite. Surpreendido, vi alguma coisa no chão: uma fita de cabelo. Ter-lhe-ia caído quando, preparando-se para o seu duro golpe, despenteara o cabelo. Agarrei-a com ambas as mãos, cheirei-a... O aroma ainda estava lá. Guardei-a no sítio onde antes tinha guardado a foto e fui para a cama.

Li por aí, perdido entre os meus livros, anotações, ensaios, e as minhas próprias tentativas poéticas, uma ótima conclusão tirada por outras pessoas que passaram por este mesmo estado: é melhor ter amado e falhado do que nunca ter amado. Não sei se estou muito de acordo.

# Por Te Voltar a Ver

– Porque é que está tudo tão escuro? – perguntou-se Edgar, de repente.

Tinha razão: à sua volta estava tudo negro e não se via uma luz em lugar nenhum. O seu medo tornou-se ainda maior quando, ao querer levantar-se, bateu com a cabeça em alguma coisa dura, produzindo um som oco.

Tateando, percebeu que estava fechado nalgum lugar. Não apenas fechado, senão enterrado: tinha a certeza de que estava dentro de um caixão. Começou a tatear a caixa com a ponta dos dedos, com movimentos frenéticos, mas sem gritar, forçando-se a manter a calma.

Para consigo mesmo, começou a considerar que, se realmente o tinham enterrado, nunca sairia daí vivo. Mas... há quanto tempo estava neste lugar? Como chegou até aqui? Não se lembrava de nada; nenhum acidente ou doença prolongada, nem sequer uma cirurgia ambulatória ou uma consulta de rotina... nada. No entanto, tinham-no enterrado. Como se estivesse morto...

Sentia a cabeça prestes a explodir e, perdendo a calma forçada inicial, começou a mexer-se de um lado para o outro, furiosamente, gritando. A caixa começou a sacudir-se, como atingida por um terramoto, e depois de alguns minutos, com um grande estrondo e fazendo-o sentir uma forte pancada no braço direito, desfez-se em pedaços. Estava errado: afinal, ainda não o tinham enterrado – estava num mausoléu. Quando se começou a mexer dentro do caixão, fê-lo cair da estante onde se encontrava – a uma altura considerável do chão – e, assim, logrou abri-lo.

O ar frio da noite acariciou-lhe o rosto e o cheiro a cemitério infiltrou-se-lhe em todos os poros. Lentamente, levantou-se do chão, dolorido e um pouco empoeirado, saiu do pequeno edifício e olhou à sua volta. Não havia margem para dúvidas: era um cemitério. Tinha acabado de escapar do lugar onde deveria passar o resto da eternidade.

Mas, como era possível? Não fazia sentido...

Tentou navegar na sua memória – pelos mares de recordações, pelos caminhos transitados – para entender como tinha chegado à situação em que se encontrava..., mas nada. Tudo o que conseguia era fazer com que lhe começasse a doer a cabeça. Estava realmente confuso: não sabia quem era e, aparentemente, não sabia se deveria estar vivo ou morto.

"A primeira coisa a fazer é sair deste lugar", repetiu Edgar a si mesmo.

Era claramente tarde; no entanto, o céu estava bem iluminado, graças a uma enorme lua cheia que brilhava intensamente, banhando todo o lugar com uma luz fraca. Era-lhe difícil respirar, e cada lufada de ar era como engolir um copo de água gelada que lhe picava no peito, como se os seus pulmões estivessem a ser perfurados por alfinetes.

– Há quanto tempo estou neste lugar? – repetiu, mais uma vez, em solilóquio.

Saiu do cemitério e caminhou devagar pelas ruas da cidade onde estava. O nervosismo do confinamento foi desaparecendo gradualmente, mas um medo mais profundo tomava agora conta do seu coração: não reconhecia nada – nenhuma rua, nenhuma casa – e continuava sem saber por que motivo se tinha despertado dentro de um sepulcro...

A brisa suave empurrava-o a continuar, fazendo-o mudar de direção – aproximava-se, já podia ouvi-lo ao longe, das margens dum rio. O vento parecia mais frio à medida que se aproximava, mas não lhe importava: não sabia porquê, mas alguma coisa dentro dele lhe dizia que caminhasse nessa direção. Tinha voltado do reino dos mortos, pensou Edgar, um pouco de frio não o mataria... de novo.

Em pé na margem do rio, uma sensação estranha, um calafrio, percorreu-lhe o corpo, fazendo-o tiritar. Mas não foram as baixas temperaturas que lhe gelaram o sangue, senão a cena que se desenrolava diante dos seus olhos: numa ponte, a algumas dezenas de metros do lugar onde estava, duas sombras semi-humanas lutavam. Não conseguia ver quem eram, mas a luta era até à morte.

Por uma fração de segundo, a luz da lua iluminou todo o lugar, como se as nuvens se tivessem afastado de propósito para lhe permitir observar melhor a cena. E Edgar viu-se a si mesmo: não no reflexo da água do rio, mas no rosto de um dos dois fantasmas que lutavam sobre a ponte. Era ele, Edgar.

O mundo parou por meros momentos... e, pouco antes de que o seu corpo acompanhasse o movimento rápido dos seus pensamentos e se movesse na direção do conflito, a sombra que era ele mesmo caiu, empurrada pelo adversário, ao rio gelado. Um segundo antes de que tocasse a água, no entanto, a imagem esfumou-se no ar. A água seguia o seu curso, imperturbada e tranquila, e a ponte estava deserta; como se nunca nada tivesse acontecido.

Edgar aproximou-se do lugar onde a luta tinha ocorrido. Ninguém. Olhou para debaixo da ponte e a água clara fluía rapidamente, mas não havia sinal de que alguém se estivesse a afogar ali. De qualquer maneira, tinha sido ele mesmo quem tinha caído e ele estava em cima da ponte. Agora.

— O que foi isto que vi? Um sonho, uma premonição?

A situação tornava-se cada vez mais estranha, milhares de pensamentos pairavam na sua cabeça, e Edgar sentia-se mais confuso a cada segundo que passava. Mais perguntas e mais incertezas; nenhuma resposta, nenhuma lembrança.

Do outro lado da ponte estendia-se uma cidade de casas baixas e telhados vermelhos. Um cheiro a comida chamou-lhe a atenção e, já que os seus olhos pareciam querer enganá-lo, decidiu seguir o seu olfato desta vez. O cheiro vinha de um grande restaurante, quase vazio: era tarde e estavam quase a fechar.

Edgar sentou-se numa mesa a um canto, na penumbra, desde onde podia observar tudo sem ser observado – aí, passaria despercebido. Os aromas dos pratos chamaram-lhe a atenção, mas não tinha muita fome – perguntou-se a si mesmo se algum dia voltaria a sentir fome neste seu novo estado de morto ressuscitado – e, quando estava prestes a perder-se nessa discussão metafísica consigo próprio... viu-a.

A mesma sensação de frio que o tinha atacado em frente ao rio voltou a surgir, desta vez com uma intensidade muito maior: no local, embora todas as portas estivessem fechadas, soprava um vento gelado, sem origem aparente, e teve de se agarrar firmemente à mesa para evitar cair da cadeira. Enquanto isso, à sua volta, as poucas pessoas que se encontravam no restaurante continuavam a comer e a falar umas com as outras, como se nada estivesse a acontecer. Felizmente, ao estar sentado a um canto, longe da luz central do lugar, ninguém viu Edgar travar essa batalha por manter-se consciente.

A mulher era alta, magra, com cabelo encaracolado castanho claro. Caminhava suavemente, marcando com cada passo o ritmo do seu corpo inteiro. Parecia servir às mesas nesse local e estava prestes a terminar o seu turno. Passou por ele, sem lhe dedicar sequer um olhar de soslaio, abriu a porta da rua e saiu.

Com grande esforço, Edgar levantou-se e seguiu a jovem – o seu passo era calmo, mas determinado, e Edgar manteve-se a uma distância segura, para que a sua presença passasse despercebida.

Uma frase emergia e ecoava, uma e outra vez, na sua cabeça: "Por te voltar a ver, voltaria da morte". Não se lembrava quem a teria dito, ou se a teria lido nalgum lado, mas a frase repetia-se sem cessar, acompanhada de imagens soltas, inundando-lhe a mente. Seriam memórias ou simplesmente imaginação?

O caminho que tomaram levou-os por uma avenida longa até que, de repente, ela virou numa esquina. Edgar correu até à esquina, com medo de a perder de vista, mas, quando dobrou, viu-se a apenas alguns passos dela. A mulher olhou para ele. Os seus olhos encontraram-se: ela tinha olhos cor de mel e sua profundidade era magnética. Era a mulher mais bonita que ele já tinha visto. Mas o olhar dela parecia atravessá-lo e estar fixo nalguma coisa atrás dele.

Não teve de olhar ao seu redor para saber onde estavam – além disso, os seus olhos estavam completamente absorvidos nos olhos da mulher: estavam parados em frente ao rio, a poucos metros da ponte onde essa luta na escuridão se tinha desenrolado.

Ela parou por um instante. Sorriu. Depois, virou-se e continuou a caminhar, no seu ritmo calmo.

Edgar, ainda atordoado com o que tinha acontecido, não a seguiu – ficou aí, especado, com os pés pregados ao chão. Quando ela desapareceu completamente no horizonte, tudo começou a ficar claro para Edgar: tinha vindo até aí para a ver a ela, para ver a Mónica uma vez mais.

Ela sempre tinha sido o seu grande amor secreto. Nunca disse nada, sempre manteve a sua paixão escondida. Com o passar do tempo, porém, a timidez foi desaparecendo e, gradualmente aproximou-se dela... e ela, dele. Tudo parecia correr bem.

Infelizmente, Allan, o irmão de Edgar, tinha as suas próprias intenções com Mónica. E, sendo Edgar o mais novo, sentiu que qualquer oportunidade de estar com Monica estava perdida para ele – não podia competir com o seu irmão mais velho. Não era justo que tivesse de escolher entre os dois: o seu irmão, que tinha sido o seu primeiro herói, e o seu amor, inconfessado, por essa mulher. Por que tinha de perder um para ter o outro?

Lentamente, apercebeu-se de que a cena na ponte era uma lembrança – a sua mente recordava-lhe a sua vida passada. Sim, era verdade que ele participara nessa cena – mas não era ele quem caía da ponte, no final. Esse era Allan, o seu irmão – era ele quem morria. A pouca luz, o movimento das sombras, a sua semelhança física e a surpresa que toda a cena lhe causou tinham-no levado a acreditar que se via a si mesmo a cair da ponte. Nunca viu a face do outro espectro – se a tivesse visto, ter-se-ia visto a si mesmo, empurrando o irmão.

Por fim, lembrou-se de tudo: depois de o matar, foi falar com Mónica.

– Por te voltar a ver, voltaria da morte... – disse-lhe -, mas tenho de fazer isto.

E, tendo-lhe finalmente declarado o seu amor, suicidou-se.

Todas essas memórias lhe vieram à mente ao mesmo tempo.

– Foi por isso que Mónica sorriu. Estava feliz de me ver, frente a frente, e de confirmar que cumpri com o que lhe tinha prometido... Talvez no céu, ou onde quer que terminemos depois disto a que chamamos vida, os amantes se reúnam para passar juntos o resto da eternidade... e aí a possa voltar a ver.

Desta vez, os seus passos eram mais calmos: a serenidade que sentia, era algo que ninguém lhe poderia tirar. Vira os últimos momentos da sua vida reproduzirem-se diante dos seus olhos, uma vez mais, e sabia que tudo tinha acontecido como tinha de ser – o mundo estava em ordem.

– Uma vez que destruímos certas coisas, não podemos voltar a consertá-las. Por mais que juntemos as peças, nunca serão como eram no princípio. É por isso que, às vezes, é melhor deixar tudo de lado e seguir em frente.

Edgar entrou no cemitério de onde tinha saído e, encontrando o seu túmulo, voltou a deitar-se. Amanhã de manhã, alguém o voltaria a enterrar.

# *O Tempo que Nos Escorre por Entre os Dedos*

Um rio, como o tempo, leva tudo pela frente, até o fazer desaparecer.

Ele estava de pé na margem de um caudaloso rio e, enquanto pensava na força da corrente, ponderava sobre as suas ações passadas.

— Por mais poderosa que seja a força do tempo, há coisas que nunca se esquecem. São como essas grandes rochas perenes que lutam eternamente contra as forças das águas; algumas memórias são assim, inamovíveis.

Passava a sua vida em revista, ao mesmo tempo que os seus olhos repousavam na água cristalina, em constante movimento.

Por um momento, a sua concentração foi interrompida: alguma coisa flutuava no rio e se aproximava a grande velocidade. O seu olhar fixou-se no objeto — era uma pessoa, um cadáver.

Sem mover um músculo, as suas pupilas acompanharam a rota do corpo, que colidia com aquelas pedras eternas, interrompendo a sua marcha. Mas a corrente era muito forte e, com toda a força do rio, empurrou o corpo sem vida para além da cascata. Foi-se afastando, pouco a pouco, até que desapareceu.

Ele deu meia volta e começou a caminhar no sentido oposto. Afinal, a força dum rio, como a do tempo, efetivamente leva tudo pela frente até o fazer desaparecer.

# SOBRE A VIDA E A MORTE

*El hombre olvida que es un muerto que conversa con muertos.*

There are more things, El libro de arena (1975) – Jorge Luis Borges

# *Sumo de Laranja*

Como qualquer outro dia, entrou na casa dos pais – ou talvez devesse dizer simplesmente que entrou em casa. Agora, dividia o lugar com a mãe – há mais de dois anos que o seu pai os deixara para ir para a sua morada final.

O choque tinha sido terrível. Durante a refeição, o pai tropeçou no pequeno desnível que sempre tinha havido na soleira da porta; tentou segurar-se agarrando as cortinas com força, mas elas não aguentaram o peso e cederam instantaneamente. Ele caiu contra a mesa, batendo com a testa na esquina afiada. A morte foi instantânea. O seu corpo ficou rígido, quente – embora arrefece-se agora rapidamente – e imóvel. O seu sangue escorria suave e lentamente pelo canto da mesa, espalhando-se pelo chão; uma ironia daquilo que tinha sido a sua vida, cheia de contratempos, pressas e esforço.

Congelados, ele e a mãe ficaram aí, de mãos dadas, procurando talvez, em silencioso desespero, alguém a quem recorrer, em quem abrigar-se de tanta dor. Prendiam a respiração enquanto os segundos mais longos das suas existências lhes passaram por diante.

De repente, o telefone tocou, despertando-os desse estupor. Era o vizinho que, ao ouvir o barulho da mesa, queria saber se estava tudo bem.

Em poucos minutos, uma multidão de vizinhos amontoou-se na porta. Lágrimas por todos os lados. Choro e pranto. Uma ambulância atrasada acudia agora a esse lugar. Já estava atrasada quando saiu.

Abriu o frigorífico. As lembranças eram dolorosas, mas não podia permitir-se estar triste. Não podia. Tinha de continuar a ser forte pelo bem da mãe. As lembranças do funeral do pai vinham-lhe sempre à mente – como, ainda de mãos dadas, ele e a mãe, com lágrimas nos olhos, fizeram a jura eterna de ficar sempre juntos e continuar a lutar, por mais difíceis que fossem as vicissitudes da vida.

Agarrou numa garrafa de sumo de laranja e serviu-se um pouco no seu copo favorito. O líquido caiu, emitindo um leve som que, embora mal fosse distinguível, quebrava o silêncio sepulcral da casa. A mãe estaria a dormir uma sesta, como era seu costume a essa hora do dia.

Sentou-se à mesa com o copo de sumo na mão. A mesma mesa. Não guardava rancor à mesa. Melhor dizendo, não guardava rancor nem ódio a nada... pior ainda: já não sentia nada. Só a ideia do juramento que tinha feito à mãe, a ideia de estar ao lado dela, o encorajava e lhe animava a alma; uma alma desgastada pelo sofrimento.

Bebeu um longo gole, que lhe refrescou a mente. Não se tinha casado. A morte do pai tinha-o deixado num estado semi-letárgico e, apesar das inúmeras sessões de terapia com vários psicólogos, tinha-se transformado numa pessoa antissocial, sem relação com qualquer outro ser humano além da mãe. Com ela, tinha sempre vontade de conversar.

Depois de tomar outro gole da bebida, lembrou-se de como a mãe costumava cuidar dele quando ficava doente: dava-lhe sempre sumo de laranja. Nunca tinha acreditado naquilo que os médicos dizem sobre os benefícios das vitaminas do cítrico nem nos seus poderes pseudo-mágicos contra os resfriados, mas tinha fé que o amor da mãe o confortaria. Todas as suas lembranças felizes estavam ligadas à mãe.

Terminando o sumo, levantou-se para regar o quintal. Fazê-lo sempre o relaxava e acalmava, dentro de si, as preocupações que a mãe não conseguia chegar a dissipar.

Saiu para o pátio e um golpe frio de vento atingiu-o no rosto. Havia relva por toda a parte. Verde brilhante, em certas áreas; amarelada, noutras. Independentemente da cor, toda a relva se movia ao som do vento. Muitas folhas de árvores distantes esvoaçavam e caíam lentamente ao chão. As plantas estavam adornadas com pétalas douradas e galhos finos, sem companhia, erguiam-se por todos os lados. Pequenas pedras, espalhadas aleatoriamente, davam um toque mais natural a todo o panorama. A um canto, um pouco de alface, cheia de insetos minúsculos. As paredes, que algum dia tinham sido brancas, eram agora cinzentas pela poeira e humidade acumuladas durante tantos anos e fendas enormes, pela falta de manutenção, tinham aparecido um pouco por todo o perímetro – tinham sido testemunhas solenes e reflexo da história da casa.

A relva continuava a ondular sem parar. Nuvens escuras e melancólicas, carregadas de lágrimas, devam à cena um tom sombrio, lúgubre.

Um cabo, conectado a uma tomada, numa das paredes, ziguezagueava o relvado. Na outra ponta, um pequeno cortador de relva estava deitado no chão, no lugar onde o ziguezague terminava. Cabelos despenteados de erva ainda estavam presos à máquina. Tinha sido usado há pouco tempo: ainda estava quente. Embora, com o vento a soprar desta maneira, fazendo ondular os cabelos, não fosse a tardar muito a arrefecer. Uma mão ainda segurava o corta-relva. Um copo meio vazio jazia, ao seu lado, no chão; pequenas gotas de sumo de laranja, irremediavelmente derramadas.

Observando a cena, gelado, começou a sentir algumas gotas de chuva no rosto. A tempestade tinha começado... e desabava sobre a sua cabeça.

# Aquila Non Capit Muscas

A janela não estava aberta, pelo menos não totalmente. Um esquecimento, um descuido ou uma azáfama deixaram mal fechada essa abertura para a realidade exterior. Foram a inércia da sua natureza curiosa e o seu instinto de salteador que levaram a mosca a atravessar esse limiar e a entrar numa sala desconhecida.

A temperatura era agradável, um fogo crepitava na lareira. O inseto dançou no ar, aproximando-se perigosamente do calor: para a mosca, alguns centímetros a mais poderiam significar o fim da sua breve passagem pelo mundo..., mas, novamente, o instinto veio em seu socorro, forçando-a a tomar a direção oposta. Voando até uma parede, viu-se refletida no espelho. Apoiou-se nele e, tateando com as patas, esfregou os olhos: aqueles milhares de facetas sensíveis à luz percebiam uma realidade que não compreendiam e refletiam sem sentido. As moscas não entendem nem tentam entender nada – são apenas o que são e os seus instintos guiam-nas.

Entre piruetas e cabriolas, que teriam parecido imprudentes e incríveis a qualquer aviador experimentado, a mosca continuou o seu percurso por esse novo mundo que acabava de descobrir, absorvendo aquele contexto desconhecido. Uma lâmpada no teto inundava a sala de luz, como se fosse o Sol iluminando a Terra – mas as moscas não são borboletas noturnas, não se interessam pela luz, em nada as cativa a iluminação. Se algo não contribui com nada de positivo para a sua existência — isto é, se não é alimento — não tem interesse. Instinto.

Uma leve corrente de ar fez com que o díptero desse uma reviravolta inesperada, empurrando-o até à janela. O que poderia ser chamado de medo reverberou no seu corpo: tinha aprendido uma lição. Por apenas milímetros tinha logrado manter-se dentro da sala, esse cosmos virgem para a sua espécie, que ainda não tinha terminado de explorar. Sobrevoou a sala uma última vez, refletindo tudo nos seus olhos e, finalmente, apoiando as patas, poder-se-ia dizer que suspirou. O cadáver ainda estava quente.

# *Memento Mori*



Rammstein, Mein Teil, 2004


Se estão a ler esta carta, isso significa que já não estou entre os vivos. O que descreverei a seguir é a forma como isso aconteceu – e a denúncia de quem foi o responsável pelo meu assassinato.

É isso mesmo, a minha partida para o Averno foi forçada por alguém. Ainda não era a minha hora – ainda que, nesta matéria, não me caiba a mim julgar tal coisa.

O meu pulso treme só de pensar que, em breve, as palavras que escrevo nesta carta se tornarão a minha realidade. Ainda não sei quando, mas sei que nos próximos dias serei assassinado.

Sempre tive medo da morte; no entanto, agora que tenho a certeza do meu fim (como se não a tivéssemos todos, mais tarde ou mais cedo) e saiba até de que maneira morrerei, esse sentimento já não me oprime. Porém, aterra-me o simples facto de deixar de existir.

O meu irmão Alex e eu, Jonas, sempre fomos muito próximos, desde que éramos pequenos. Sendo o irmão mais velho, ele sentia, invariavelmente, essa responsabilidade extra do filho primogénito de cuidar de mim, o irmão mais novo. Com o tempo, porém, e principalmente desde que os nossos pais faleceram, essa tarefa tornou-se, lentamente, uma obsessão.

No início, Alex pediu-me que me mantivesse dentro de casa, para que nada de mal me acontecesse. Depois, para não sair do meu quarto, para estar mais seguro. Mas alguma coisa no seu olhar, quando os seus olhos se poisavam sobre mim, tinha mudado. O próximo passo foi trancar-me na jaula onde agora me encontro.

Consegui escapar, depois de muito esforço, e, por isso, pude forçar a minha mão a delinear as palavras que agora rabisco – mas é-me impossível sair da casa. Então escrevo, para que, pelo menos, saibam o que aconteceu comigo.

"Não posso deixar que continues vivo", disse-me ele o outro dia, "Mas não te preocupes, ocupar-me-ei de garantir que estejamos juntos para sempre." E prosseguiu, simplesmente, para me dar a conhecer o seu plano macabro.

A frieza com que me mostrou como engoliria a minha carne, mastigaria os meus órgãos e deglutiria a minha pele, fez-me vomitar, repetidamente, aí mesmo. E tenho certeza de que será assim, exatamente como mo contou. Vi-o nos seus olhos loucos; não estava a mentir.

Como fez questão de frisar, jamais encontrarão os meus restos mortais, já que cometerá o ato mais repugnante e repulsivo de que se possam lembrar: vai-me comer, como se fôssemos dois animaizinhos – eu, a presa, e ele, o predador. Sei que o fará enquanto o meu corpo ainda esteja quente, logo depois de me matar.

O outro dia, voltou para casa com vários animais que tinha comprado numa loja. Os pobres cachorros abanavam as caudas, os olhos dos gatos brilhavam, os hamsters e os outros roedores moviam-se incessantemente. Estavam felizes por ter uma nova casa, uma família... os pobres iludidos. Observei como Alex batia nos animais indefesos para acalmá-los: os pobres gemiam de dor (ainda que por pouco tempo). A imagem brindada às minhas pupilas era a de um homem transformado num animal: apoiado nas suas quatro patas, somava aos sons de desespero dos animais o som horrendo dos seus dentes mastigando ratos, cães e gatos. Vomitei até não ter mais nada no estômago, e arquejava, tentando evitar aquela visão sangrenta. Estava a praticar, sabia-o, para o prato principal: eu.

E a pessoa que cometerá essas ações monstruosas que acabo de relatar, repito-o na minha cabeça o tempo todo, é nem mais, nem menos que o meu irmão, Alex; o meu irmão, o protetor, de quem ninguém suspeitará porque é um homem respeitado no campo do Direito.

Sei que o meu fim está decidido, mas, com a pouca força que me resta, escrevi esta carta, esperando que, escondendo-a onde Alex não a possa encontrar, alguém que se pergunte sobre o meu desaparecimento a encontre e saiba o que realmente aconteceu.

Despeço-me. Não falta muito para que Alex volte para casa. A todos aqueles a quem magoei na vida, peço perdão; só me resta dizer que nos veremos em breve.

Nestes momentos finais da minha vida, pergunto-me: o que é o Homem? O que é, realmente, o Homem?

***

— Esta, que acabo de ler, é uma das muitas cartas do meu irmão Jonas. Outro exemplo claro da demência de que padece, claro. As suas palavras demonstram níveis de delírio e paranoia preocupantes, e as descrições apresentadas são prova dos profundos distúrbios de que sofre.

Um dos homens do Direito aí presentes, sem levantar os olhos dos documentos que tinha à sua frente, perguntou-lhe, com voz indiferente:

– E onde está seu irmão agora?

– A sua saúde está muito deteriorada – respondeu Alex, calmamente – Hoje teve um declínio e não pôde estar presente no julgamento.

Poucos minutos depois, todo o tribunal decidiu a favor do pedido de Alex, que o tornava seu representante legal, bem como único herdeiro de todos os seus bens.

Depois de deixar o prédio, Alex caminhou em direção à rua, lentamente, sentindo a brisa remexer-lhe o cabelo. Estava satisfeito com a apresentação que tinha feito na frente dos especialistas e repetia para si mesmo, inebriado, as eloquentes palavras que tinha proferido momentos antes, deixando-as vagar pelos seus pensamentos.

De repente, um cão vadio atravessou-se-lhe no caminho, fazendo-o parar e forçando-o a voltar à realidade. Parou e deixou-o passar. Um esgar estranho foi-se desenhado no seu rosto. Estava a sorrir.

# A Ruína da Família
# Six Terriel

As rochas escuras travavam uma eterna batalha contra as águas salgadas do mar que as golpeavam incansavelmente e, depois, explodiam num milhão de gotas. O edifício, que outrora teria sido denominado de "castelo", tinha há muito sido esquecido por todas as povoações próximas daquele lugar.

As ruínas estavam cheias de algas e mofo, e o mar entrava por diferentes áreas, deixando a maior parte do lugar inacessível aos curiosos que o quisessem explorar.

Numa das salas, no entanto, seis pinturas – todas elas retratos – estavam alinhadas na mesma parede. As telas estavam todas podres, mas o seu conteúdo ainda podia ser distinguido. Seis homens vestidos num estilo medieval. Todos vestidos de vermelho, usando um chapéu com uma pluma azul clara. Todos tinham o mesmo bigode e barbicha num belo rosto. Todos partilhavam também o mesmo sorriso torcido, descaído para a direita num gesto irónico, talvez.

Eram todos... idênticos. Tal como o homem de vermelho que, de pé, em frente às pinturas, as observava silenciosamente.

# Scriptorium

A solidão nunca tinha sido um problema. O frio das pedras molhadas, os seus silêncios, a reverberação das respirações alheias e até o eco abafado da sala sempre tinham sido as suas melhores companhias.

O monge sentou-se, lentamente, na sua cadeira, com a parcimônia habitual. Cuidadosamente, remangou o hábito e dispôs-se a trabalhar. Mergulhou a pluma na tinta e, graças ao poder divino da escrita, os seus pensamentos viram-se transformados em palavras.

Eram, certamente, raras as oportunidades que tinha de expressar no pergaminho seco a nebulosa de pensamentos que ocupava a sua mente: o hábito, que o fazia monge, era copiar obras importantes, perpetuando o pensamento humano para a posteridade, ou transcrever as sempiternas escrituras religiosas, para iluminar a escuridão do mundo.

Os anos dotaram-no de uma excelente técnica para a escrita e a forçada prática diária aperfeiçoara a sua caligrafia. Claro que tanto tempo em clausura, ensimesmado na leitura e na concentração inescapável dos seus próprios pensamentos, trouxe algumas consequências: o fardo de uma mente volumosa e pesada de inquietações e incertezas. Mas, acima de tudo, uma dúvida constante sobre o porvir que a sua devoção religiosa não tinha sido capaz de apaziguar.

Depois de escrever por um bom tempo, absorvido naquele maravilhoso processo através do qual as suas ideias se transmutavam, o monge notou algo que não tinha visto antes. Embora não pudesse identificar exatamente o quê.

Queria continuar a escrever, mas essa anomalia na sala não lhe dava sossego. Não era curiosidade o que sentia, mas a sensação irritante de estar a ser vigiado… ainda que fosse por um objeto inanimado, já que não havia mais ninguém aí.

Vencido pela frustração do desconhecimento, levantou-se lentamente do seu lugar, levantou o olhar para o céu, como se se desculpasse por interromper o trabalho divino que estava a realizar, mas, olhando ao seu redor, não encontrou nada fora do comum. Então, atravessou os intrincados corredores da biblioteca subterrânea, aspirando o cheiro a livros a cada passo e olhando, alternadamente, em todas as direções. Mas a sua busca não teve êxito e o seu desconforto com a situação aumentava a cada segundo.

Já perto do desespero, o corpo congelou-se-lhe: havia uma caixa. Estava debaixo de alguns livros antigos e, embora parecesse ter estado sempre aí, o monge tinha a certeza absoluta de que nunca a tinha visto.

Não pôde lutar contra a sua natureza académica nem conter a sua sede de conhecimento e, curioso, abriu a caixa.

Não teve tempo de ver o interior: sentiu o rosto em chamas, assolado pela temperatura mais alta que alguma vez experimentara, como se tivesse mergulhado a cabeça numa pira. Soltou um longo grito de dor, enquanto via a própria pele borbotar como cera a ferver, e as suas mãos deixaram cair a caixa, que se transformou numa bola de fogo que, ao tocar no chão, desapareceu numa grande faísca. Ao levantar a vista, o monge notou que, agora, toda a biblioteca estava em chamas.

Era este, talvez, o fogo do inferno? Era este o castigo do Averno? "É isto o que me espera?"

Gemeu, entre lamentos abafados pelo fogo que cercava tudo o que via. A dor espalhou-se por todo o seu corpo a alta velocidade. "É o fogo purificador", pensou, "o calor extremo da limpeza herética sobre o qual tanto copiei, tanto escrevi."

Aquelas chamas tinham estado nas suas mãos, sob a forma de signos e arabescos sobre o papel – agora, as suas mãos ardiam e já nenhuma palavra brotava delas.

A tortura da cremação precoce fê-lo cair por terra e revolver-se no chão, soluçando e gritando de dor. Arrastou-se, implorante, em direção aos livros que aí estavam e estes pegaram fogo também, quase instantaneamente. As chamas que dançavam sobre os livros iluminavam a sala com uma luz mais poderosa do que aquela que jamais tinham derramado sobre a mente humana.

Os monges entraram no complexo em silêncio. Os seus passos eram quase inaudíveis à medida que atravessavam os labirínticos corredores da biblioteca.

Um leve suspiro escapou da boca de um dos noviços mais jovens antes que o pudesse suprimir. O copista estava estendido no chão, ao lado de seu local de trabalho. Apenas uma folha de pergaminho podia ser vista sobre a mesa.

"Deus está morto", podia ler-se.

A biblioteca estava cheia de livros.

# A Segunda Volta de Martin Fierro[4]

Estava imóvel, deitado no chão, e sentia dores por todo o corpo.

O frio estava rapidamente a tomar conta dele. Não era apenas o frio dos dias de outono: estava a perder sangue pelos orifícios causados pelas duas estocadas que o preto lhe dera durante a batalha.

Ao vê-lo caído e rodeado por uma poça de sangue que, à sombra do pôr-do-sol, parecia ainda mais escuro, o preto deu meia volta e deixou-o aí, dando-o por morto.

Estava a uma distância impossível, para quem tem tais ferimentos, de uma choupana isolada que havia na zona. Mesmo para quem passou algum tempo no exército, com os selvagens, e voltou são e salvo, esta situação era incomparavelmente mais grave.

Com um esforço sobre-humano, conseguiu pôr-se de pé. Caminhou lentamente, arrastando os pés, sofrendo, a cada

---

[4] Leituras recomendadas: "O Gaúcho Martín Fierro" (1872) e "A Volta de Martín Fierro" (1879), de José Hernandéz; e "O Fim" (1953), de Jorge Luís Borges.

passo que dava, o indizível. Com as suas últimas forças, caiu contra a porta do casebre, alertando os seus habitantes.

Ao sair, viram um homem no chão, coberto de sangue e, reconhecendo quem era, gritaram "Fierro!" e correram em seu auxílio.

Tiraram-lhe as roupas sujas, lavaram-lhe e cobriram-lhe as feridas com panos embebidos em água quente que tinham preparado porque estavam a tomar uma infusão de erva mate, e deram-lhe a beber da infusão também – porque não tinham mais nada para lhe dar.

Fierro gemeu de dor quando o limparam e desinfetaram com os panos quentes, mas jamais se lhe ouviu nenhuma queixa. Tentou chupar o líquido pela bomba, mas a dor era insuportável e cuspiu tudo. Quando finalmente se tranquilizou, na cama de alguém, adormeceu.

No dia seguinte – ou vários dias depois, era impossível saber – acordou na mesma cama e viu que tinha costuras nos ferimentos: alguém o salvara do seu trágico destino, mesmo que fosse só por enquanto. Quando lhe contaram o que tinha acontecido, inteirou-se de que estivera nessa cama um mês inteiro. Mas sobreviveria.

Quando se recuperou e teve forças suficientes para partir, agradeceu aos seus salvadores, a família Campos. Não os esqueceria.

Refez os seus passos até onde tinha caído em batalha e contemplou a zona, enquanto sentia a brisa suave acariciar-lhe os cabelos.

Dirigiu-se então para a taberna para ver se o preto estava lá. Todos ficaram surpreendidos ao vê-lo entrar no lugar, como alguém que vê a um fantasma. Ninguém tinha acreditado nas histórias sobre o seu triste fim, mas, ao voltar o preto sozinho e depois de um mês de ausência, tinham começado a crer que essa seria a única explicação possível. Alguns benzeramse, outros deixaram cair os copos das mãos... esta era outra volta com a que já ninguém contava.

O preto não estava. Não tinha voltado a passar por aí desde que Martín Fierro tinha partido, disseram-lhe. Decidiu não tomar nada e saiu do botequim. Alguns tentaram tocar-lhe, enquanto saía, para se certificarem de que era realmente ele.

Lá fora, sentiu o cheiro da Patagónia misturado com a brisa do outono. Essa era a direção que deveria tomar, sabia-o sem ter de pensar demasiado sobre isso. A sua china, os seus filhos... todos seguiriam os seus próprios caminhos e ele deveria seguir o dele.

Os Campos tinham-lhe deixado um cavalo de meia idade, por se quisesse ir a algum lugar. Montado no lombo do animal e agarrando-se à sua crina escura, percebeu que este era o seu lugar no mundo. O cavalo tinha manchas de várias cores, razão pela qual Fierro lhe chamou, em homenagem a um cavalo que costumava ter, Manchadito.

Manchadito tinha um trote ligeiro apesar da sua idade e foram-se afastando rapidamente da aldeia. Adiante dele, não havia nada além de uma grande planície e um céu que não tinha fim.

<br>

O destino do homem é a Morte;
É um fim que a todos parece unir:
Selvagem ou gringo, todos deste mundo iremos partir.
Poucas recompensas e sofrimento muito,
Tenho razões para lutar, nada é fortuito,
Idas e voltas, o mais importante é persistir.